La BFF de la
princesse Corentine

COLLECTION POÉSIE

Les Mains libres

Annonce d'un pont entre les 2 arts.

♀ : thème commun.

Les Mains libres

Dessins de

MAN RAY

illustrés par les poèmes de

PAUL ÉLUARD

nrf

GALLIMARD

Le papier, nuit blanche. Et les plages désertes des yeux du rêveur. Le cœur tremble.

Le dessin de Man Ray : toujours le désir, non le besoin. Pas un duvet, pas un nuage, mais des ailes, des dents, des griffes.

Il y a autant de merveilles dans un verre de vin que dans le fond de la mer. Il y a plus de merveilles dans une main tendue, avide que dans tout ce qui nous sépare de ce que nous aimons. Ne laissons pas perfectionner, embellir ce qu'on nous oppose.

Une bouche autour de laquelle la terre tourne.

Man Ray dessine pour être aimé.

P. E.

I

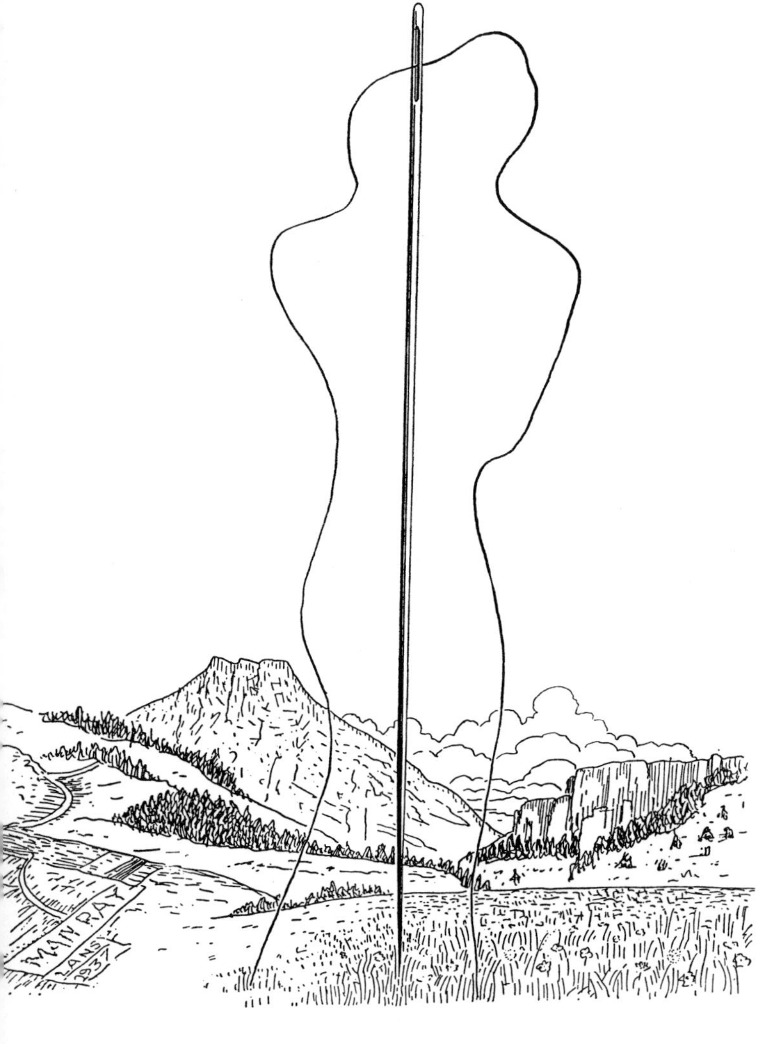
MAN RAY
LANS
1937

FIL ET AIGUILLE

Sans fin donner naissance
A des passions sans corps
A des étoiles mortes
Qui endeuillent la vue.

LA TOILE BLANCHE

La faim le froid la solitude
Qui se méfient des asiles

Du blé fiévreux des morts.

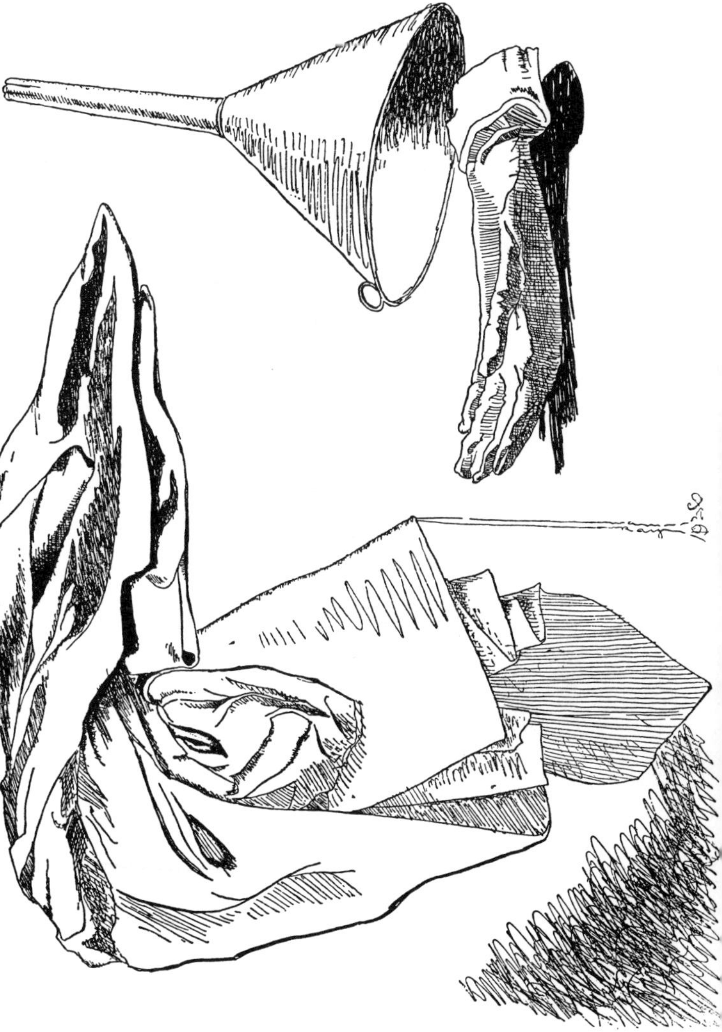

l'evidence
man Ray
Dec. 6 1936
jarretière.

L'EVIDENCE

L'homme la plante le jet d'eau
Les flammes calmes certaines bêtes
Et l'impliable oiseau de nuit
Joignent tes yeux

Ils sont debout

Toi tu gardes ton équilibre
Malgré les mains malgré les branches
Malgré la fumée et les ailes
Malgré le désordre et ton lit.

CHATEAU ABANDONNE

La langue partit la première
Puis ce fut au tour des fenêtres

Il n'y eut plus que mort fondée
Sur le silence et sur l'obscurité.

11112
1936

Man Ray
1936

LE DESIR

Jeunesse du fauve
Bonheur en sang
Dans un bassin de lait.

C'EST ELLE

Sur cette étoile de gazon c'est elle
C'est elle dans cette maison déserte
C'est elle dans cette rue sombre
C'est elle sur ce monument
C'est elle parmi ces sauvages
C'est elle sur ce sein mendiant
C'est elle dans la neige là

Toujours derrière un mur
Comme au fond d'un ravin.

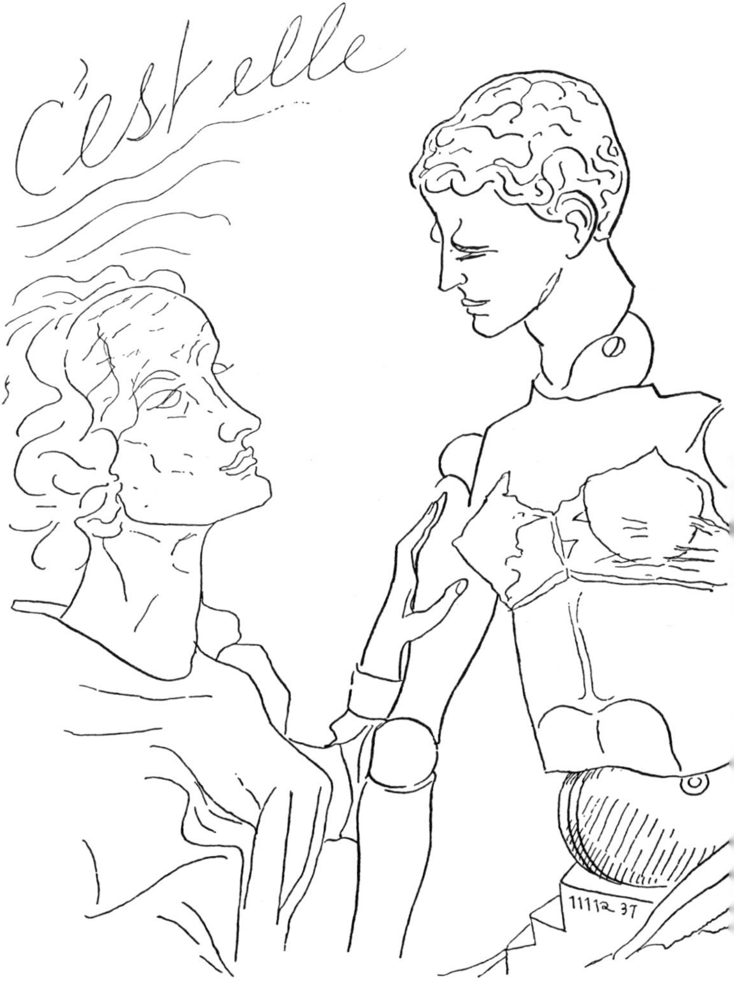
C'est elle
11112 37

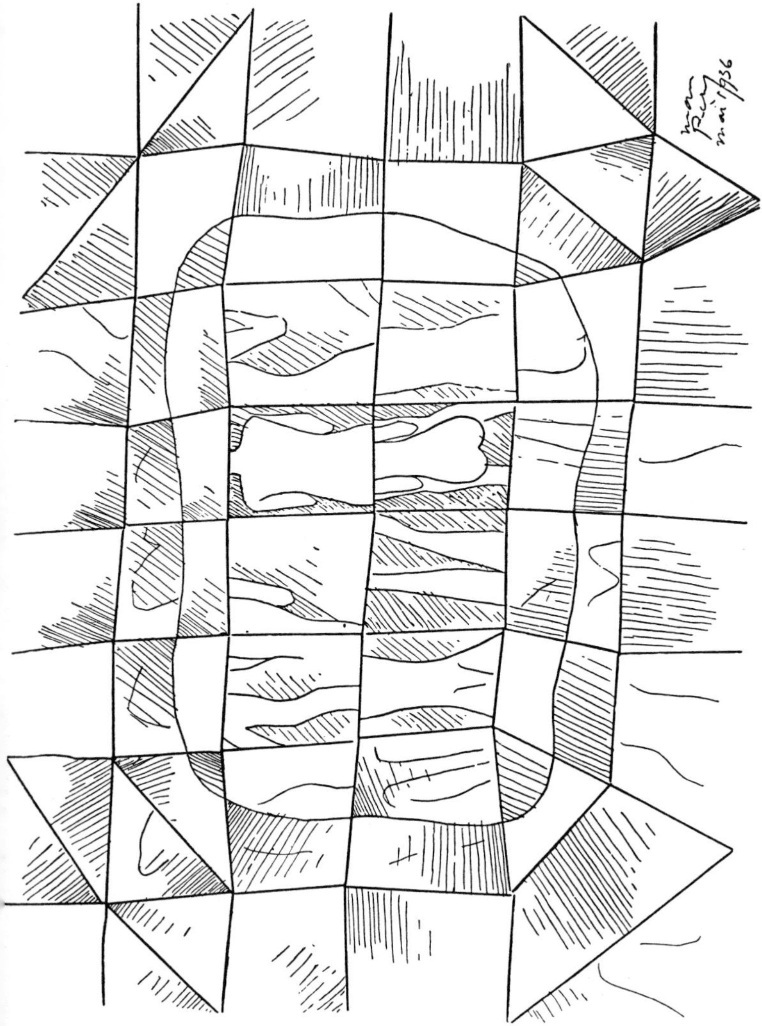
man Ray mai 1936

LA GLACE CASSEE

Le vent est à la barre
L'horizon vertical
Verse le ciel dans ta main maladroite.

LE DON

Elle est noyau figue pensée
Elle est le plein soleil sous mes paupières closes
Et la chaleur brillante dans mes mains tendues

Elle est la fille noire et son sang fait la roue
Dans la nuit d'un feu mûr.

man Ray 1936

OBJETS

Dans cette chambre que j'habite
J'assemble tous les paysages
J'entre au bois diamant
Le ciel est un aveu.

LA LECTURE

Au centre de Paris
La pudeur rêvassait

Le bouquet du ciel sans nuages
Dans un vase de maisons noires

Quand elle n'a pas le temps
Elle n'en est que plus belle

On n'en finit pas d'apprendre
Le ciel ferme la fenêtre
Le soleil cache le plafond.

1937

L'AVENTURE

Prends garde c'est l'instant où se rompent les digues
C'est l'instant échappé aux processions du temps
Où l'on joue une aurore contre une naissance

Bats la campagne
Comme un éclair

Répands tes mains
Sur un visage sans raison
Connais ce qui n'est pas à ton image
Doute de toi
Connais la terre de ton cœur
Que germe le feu qui te brûle

Que fleurisse ton œil
Lumière.

L'ANGOISSE ET L'INQUIETUDE

Purifier raréfier stériliser détruire
Semer multiplier alimenter détruire.

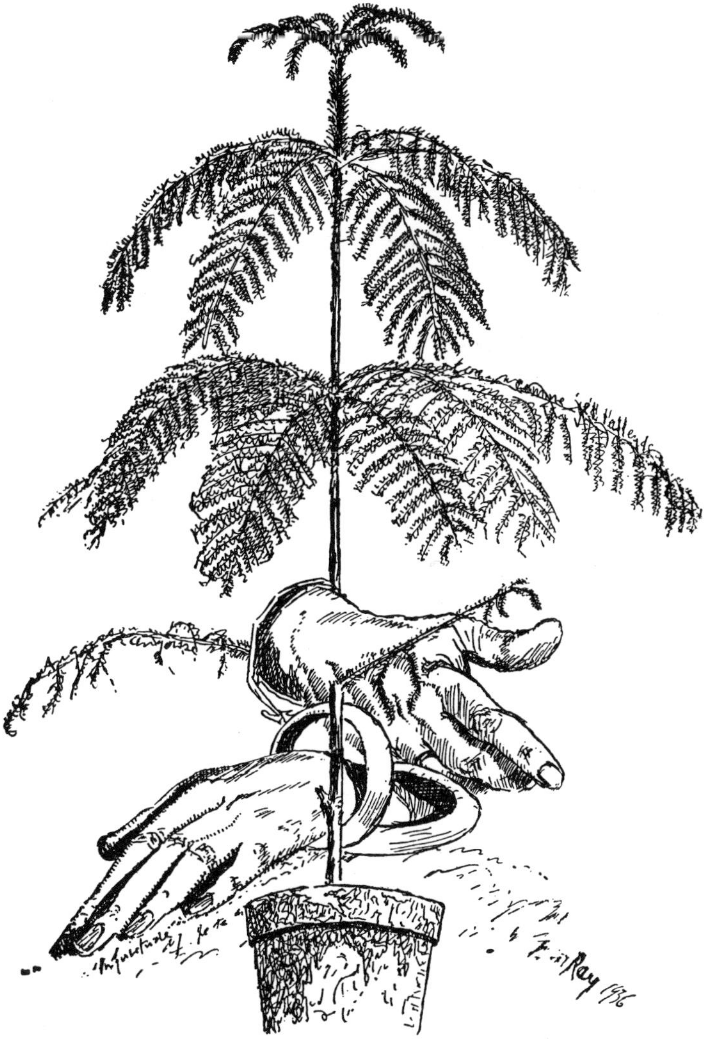

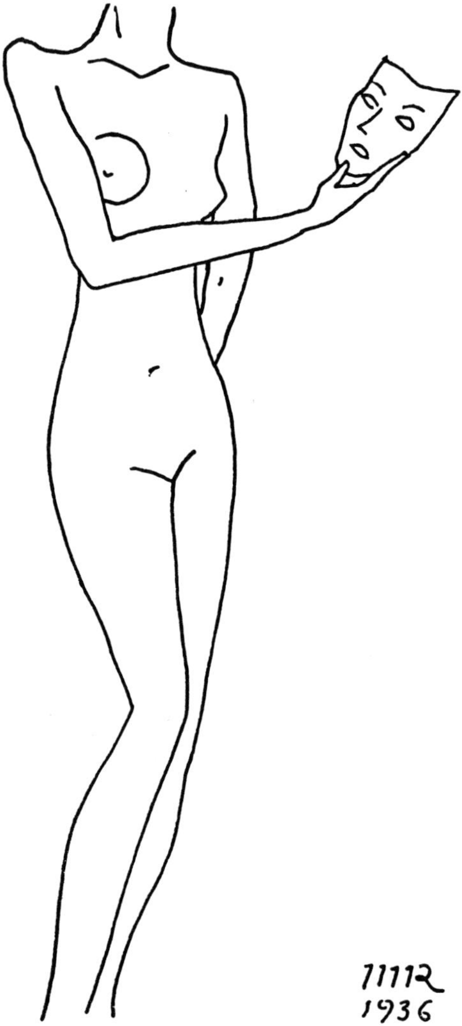
1936

NARCISSE

Masque de poix
N'être que soi
Guide égaré.

LES TOURS DU SILENCE

Ils battent les pierres
Ils voudraient avoir une ombre
Ils voudraient avoir un corps
Ils ne sont ni jour ni nuit
Ils sont aux mains de l'espace

Encore une chute de clarté
Et les pierres seront soleil.

Ombres enfermées dans les Tours?
sur

3
September
1936

Jacqueline, épouse de Breton

J.

Elle se forge son travail
Avec des métaux indolents.

LES MAINS LIBRES

Cette averse est un feu de paille
La chaleur va l'étouffer.

11112-36

initiale année

3 ans = M

12 = R

Cornwall, là où habite les Penrose.

L'ARBRE-ROSE

L'année est bonne la terre enfle
Le ciel déborde dans les champs
Sur l'herbe courbe comme un ventre
La rosée brûle de fleurir.

LES SENS

Dévêtue et le front pur
Tu t'abats comme une hache
Etincelante et d'un poids
A faire se lever le plomb

Entends le rubis éclore
La turquoise se faner
Ta bouche séduit ton visage
Et ton corps peut venir
Battant comme un cœur.

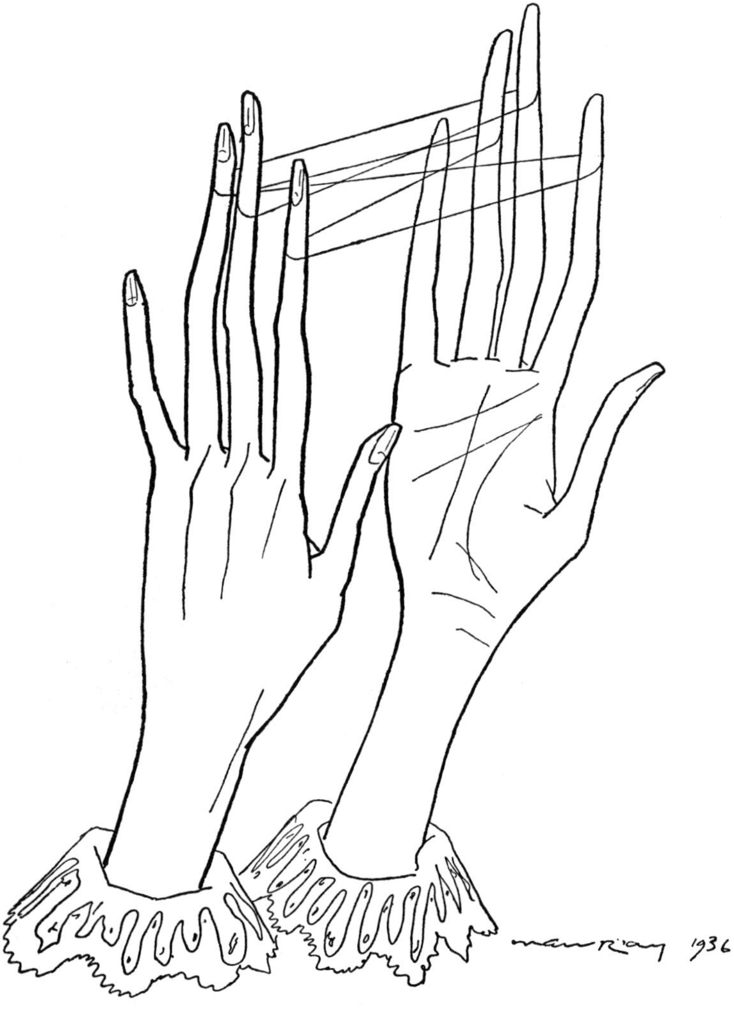
man Ray 1936

SOLITAIRE

J'aurais pu vivre sans toi
Vivre seul

Qui parle
Qui peut vivre seul
Sans toi
Qui

Être en dépit de tout
Être en dépit de soi

La nuit est avancée

Comme un bloc de cristal
Je me mêle à la nuit.

BURLESQUE

Fille de glace donne-moi
Confiance en moi.

Burlesque
Man Ray. N.Y. 1936

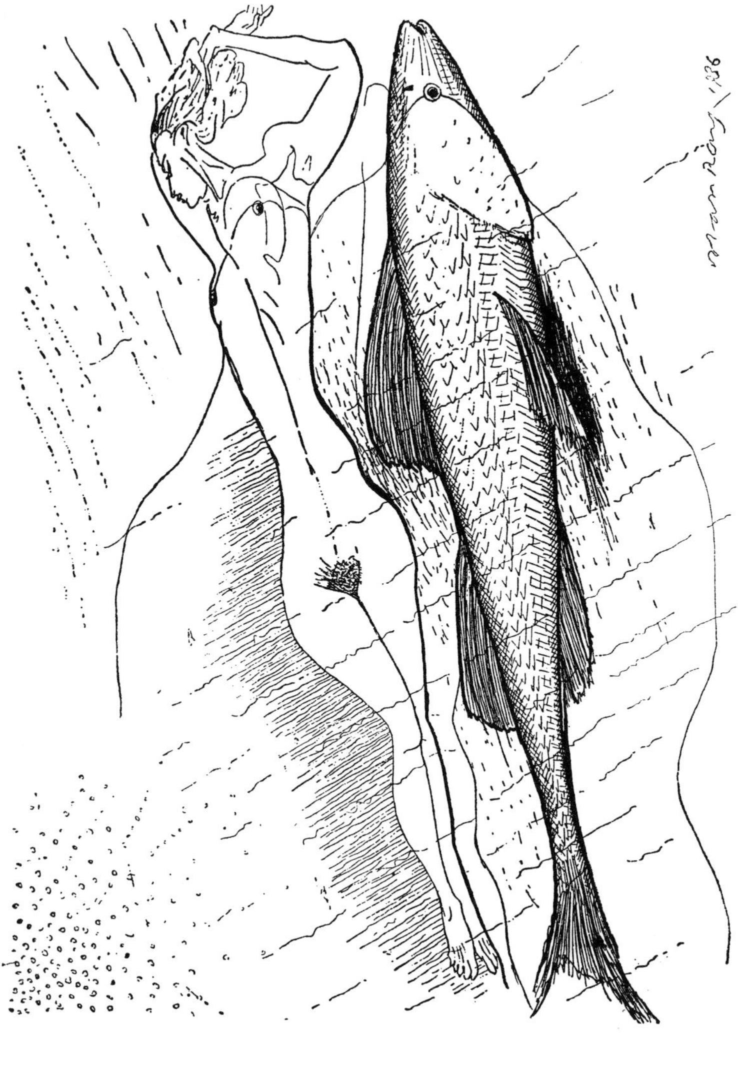

LA FEMME ET SON POISSON

La vierge et son grillon le lustre et son écume
La bouche et sa couleur la voix et sa couronne.

MAIN ET FRUITS

Où sont la mûre et la prunelle
Lime varech âpres délices
Et l'enfance qui sait errer
Sur des épines plus petites
Que le bois ramassé pour rien
Où sont les noix
Dont on ne casse pas la coque
Où est la bête au manteau froid
La lie de la mort des fruits
Qui fertilisera les nèfles

Un vent très doux
S'affale sur les fleurs trop mûres
Azure le sein du cassis
S'enivre de l'odeur des coings

Est-ce la transparente mue
Qui déçoit les voleurs dans l'arbre
Va-t-on donner son sang pour rire

Le rêve manger l'immangeable
Sortir fier d'un palais penaud.

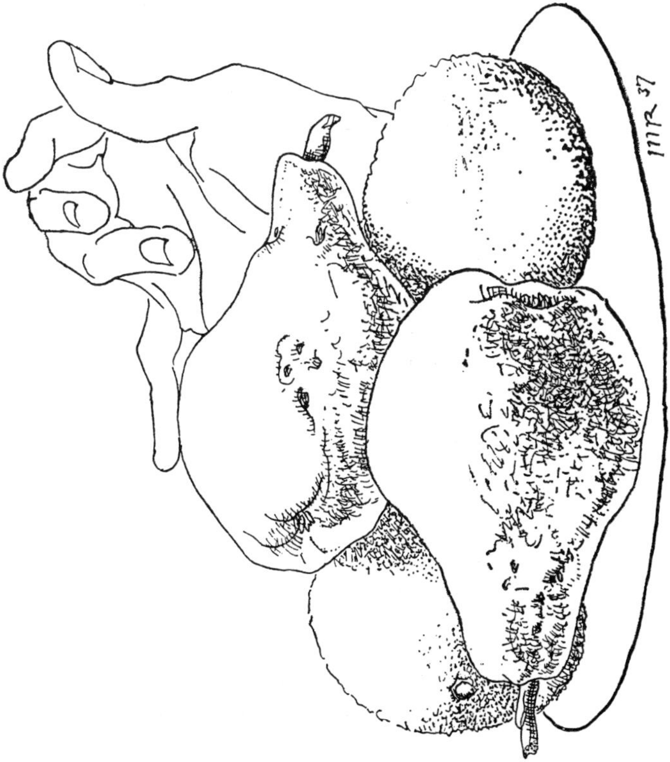

LE MANNEQUIN

Unique guirlande tendue
D'un bord à l'autre de l'enfance
Petit pont de perfection
Premier amour de l'écolier
Suppression des distances.

LES YEUX STERILES

Elle est comme un bourgeon
L'espace de la flamme
Candide elle a l'arôme
D'amoureux enlacés.

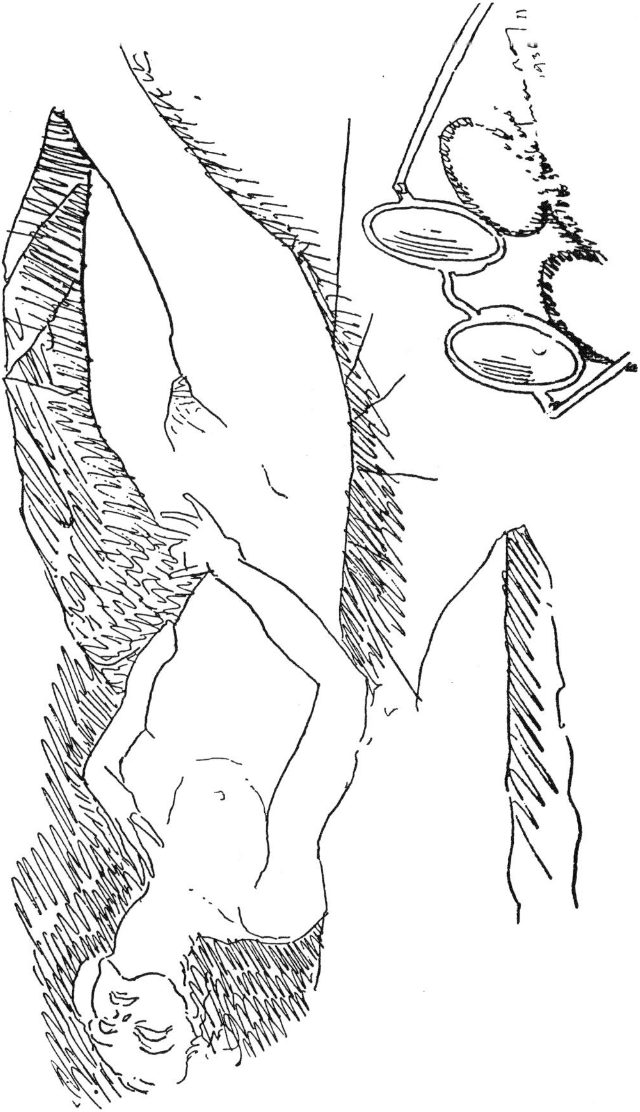

LE TOURNANT

J'espère
Ce qui m'est interdit.

NU

Prends garde on va te prendre ton manteau
Ton lit le tuteur de tes nuits
Ton manteau et ton lit
Tes prairies blondes et la lueur
Des lèvres que tu aimes
On va t'enlever cette assurance ces ressources
Qui te donnent des ailes
Immobiles

Même tes belles larmes.

*

Au pays des figures humaines
On s'apprête à briser ta statue ridicule.

man Ray 1937

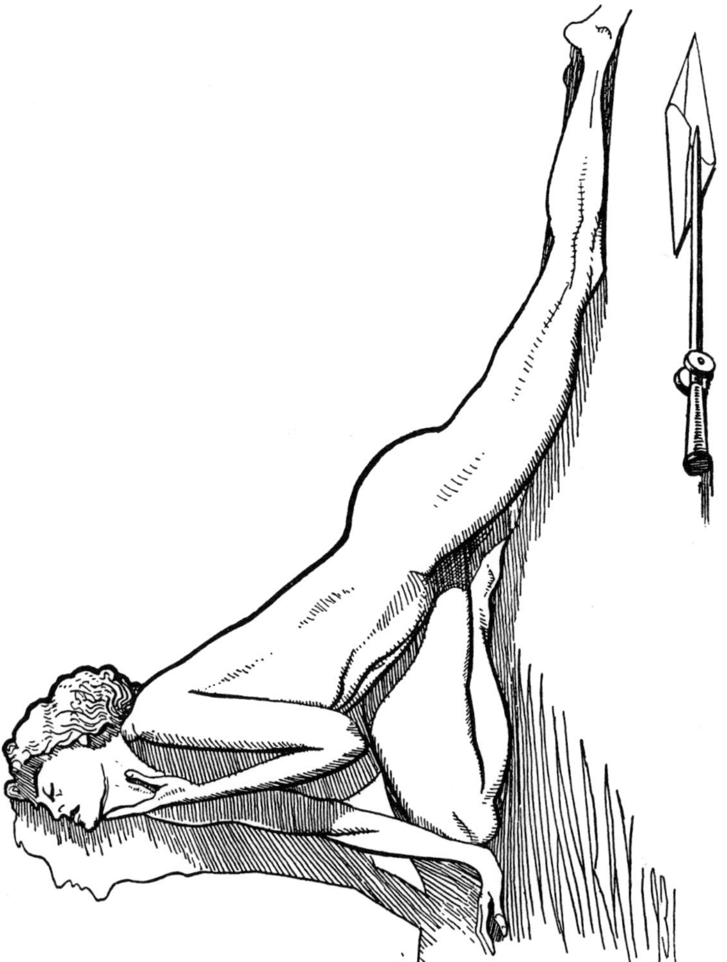

LA MORT INUTILE

Mauvaise tu ne m'as donné
Qu'une plus grande ignorance
De la vie des autres

Je ressemble de moins en moins
A mes victimes.

POUVOIR

Il la saisit au vol
L'empoigne par le milieu du corps
La ceinturant de ses doigts robustes
Il la réduit à l'impuissance

Vertige la main dominante
Couvre toutes les distances
Sans plus bouger que sa proie.

man ray 1937

man Ray 1937

BELLE MAIN

Ce soleil qui gémit dans mon passé
N'a pas franchi le seuil
De ma main de tes mains campagne
Où renaissaient toujours
L'herbe les fleurs des promenades
Les yeux toutes leurs heures
On s'est promis des paradis et des tempêtes
Notre image a gardé nos songes

Ce soleil qui supporte la jeunesse ancienne
Ne vieillit pas il est intolérable
Il me masque l'azur profond comme un tombeau
Qu'il me faut inventer
Passionnément
Avec des mots.

LA LIBERTE

Liberté ô vertige et tranquilles pieds nus
Liberté plus légère plus simple
Que le printemps sublime aux limpides pudeurs.

Dessin symbole —> "La liberté guidant le peuple"
Delacroix, 1830
dialogue entre LIOP et liberté.
En lévitat.
Impression de liberté.

II

Le temps qu'il faisait le 14 mars

LE TEMPS QU'IL FAISAIT LE 14 MARS

Enjôleur d'enfants et charmeur d'oiseaux
J'attends la venue du printemps

La terre est timide et fraîche
Les aiguilles de midi
Cousent la traîne du matin

Je me vois moi ma jeunesse
Parmi les couleurs volatiles
Des premières végétations

Sur les rivages de verdure
Où l'eau devient de la lumière.

LE SABLIER COMPTE-FILS

La rose le cœur dans un champ
De fleurs de givre

La lampe qui boit la lumière

L'autre jour celui-ci
Le fond d'un verre

De belles variétés de jour
Cultivent ce monde durable.

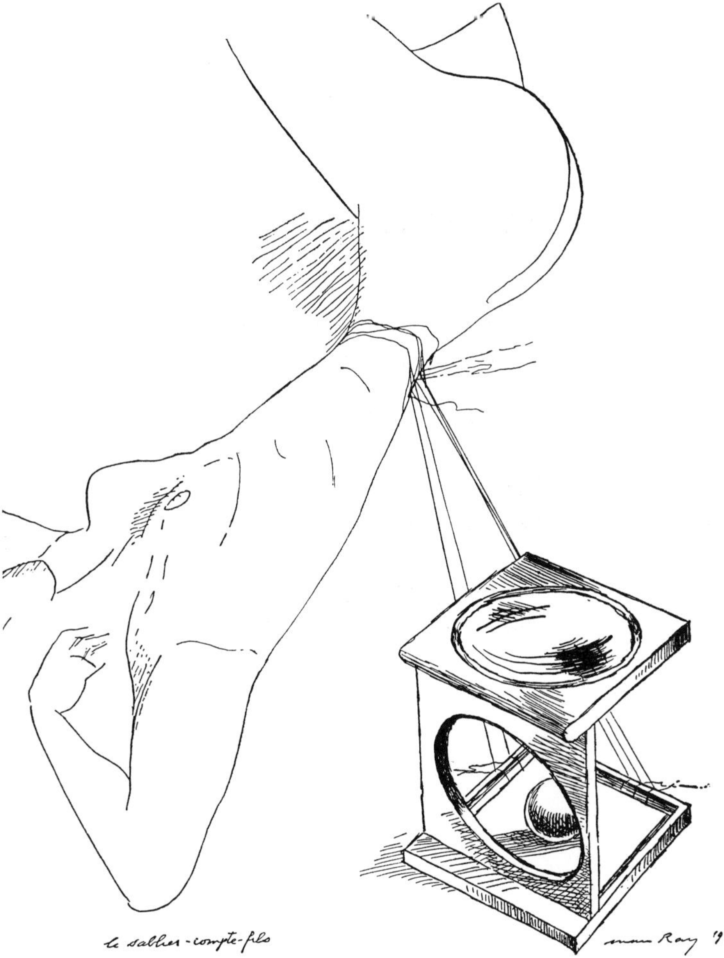

le sablier-compte-fils

man Ray 1936

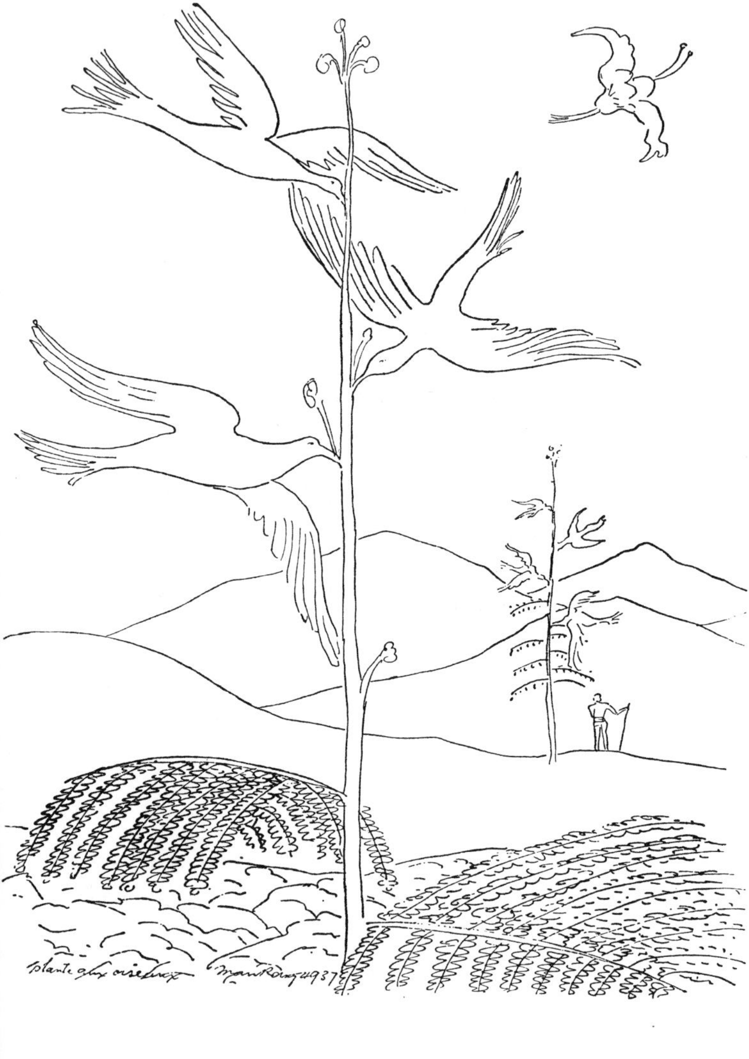
plante aux oiseaux
Man Ray 1937

PLANTE-AUX-OISEAUX

Le vent ne te fait pas peur
Garde le mouvement secret
De la chute impérieuse au moment du déclin
Et ta première plume du premier jour clair

Toi-même voix menue tu rirais de t'entendre
Siffler les brins d'herbe cueillir
L'élan de la graine de force
L'élan de l'arbre muet qui tient tête à la terre.

RÊVE

Petit jour
Je rentre

La tour Eiffel est penchée
Les ponts tordus
Tous les signaux crevés

Dans ma maison en ruine
Chez moi
Plus un livre

Je me déshabille.

Seule architecture moderne.
train = élément surréaliste.

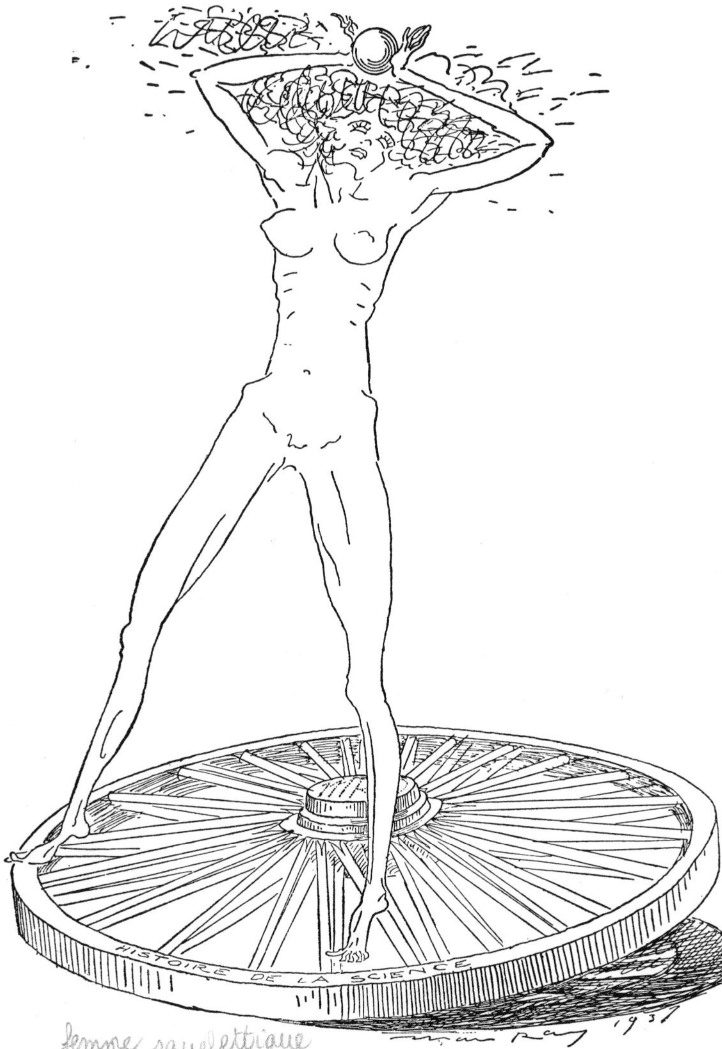
HISTOIRE DE LA SCIENCE
man ray 1937
femme squelettique
↳ malade ?

HISTOIRE DE LA SCIENCE

Tu redoutes les hommes
Méfie-toi du feu

Tu renaîtras à l'horizon

Que tes mains te délient

Ton œil s'arrête sur les choses
Ton cœur s'arrête avec toutes les montres

Invente perpétuellement le feu
L'air la terre et l'eau
Sont des enfants.

LA PLAGE

Tous devaient l'un à l'autre une nudité tendre
De ciel et d'eau d'air et de sable
Tous oubliaient leur apparence
Et qu'ils s'étaient promis de ne rien voir qu'eux-mêmes.

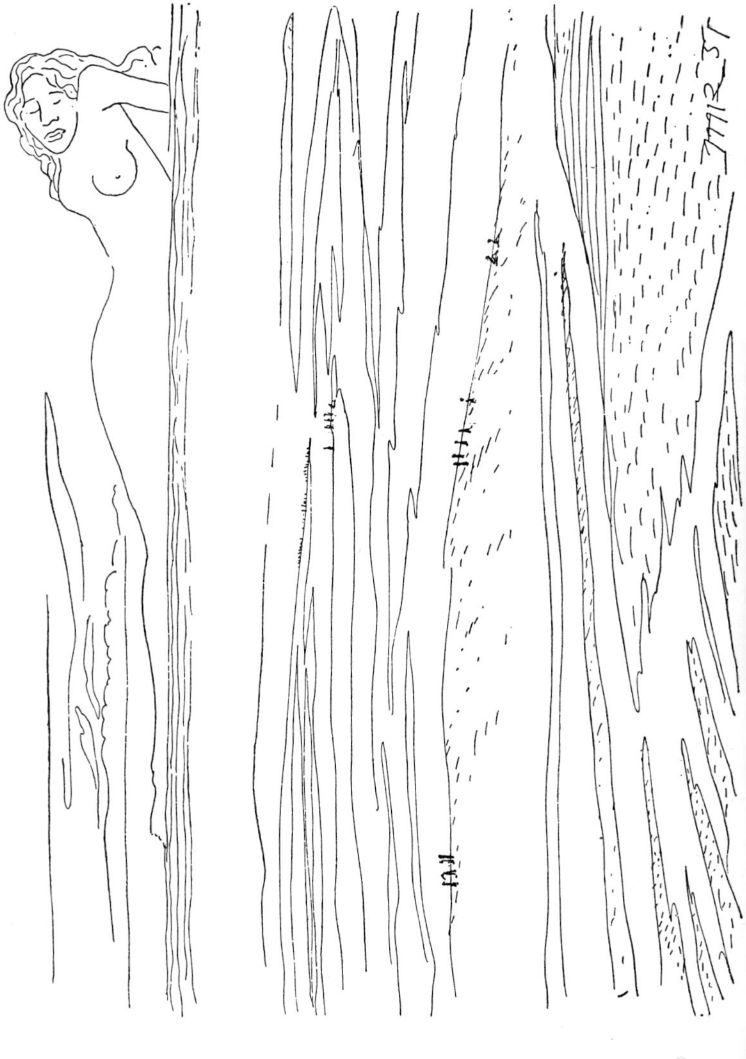

AVIGNON

Le calendrier aboli
Nous fûmes seuls au rendez-vous.

AVIGNON

Nous ne sommes restés qu'un moment à Avignon
Nous avions hâte d'arriver à l'Isle-sur-Sorgue
Où René Char nous attendait.

PARANOIA

En vue des côtes
Entendu parler de certains poissons
Voisins de la terre

Quittons la mer
Accrochons-nous au mouvement
Des rives fermes

Le fleuve descend comme un œuf
Et nous sommes les oiseaux.

Man Ray 1936

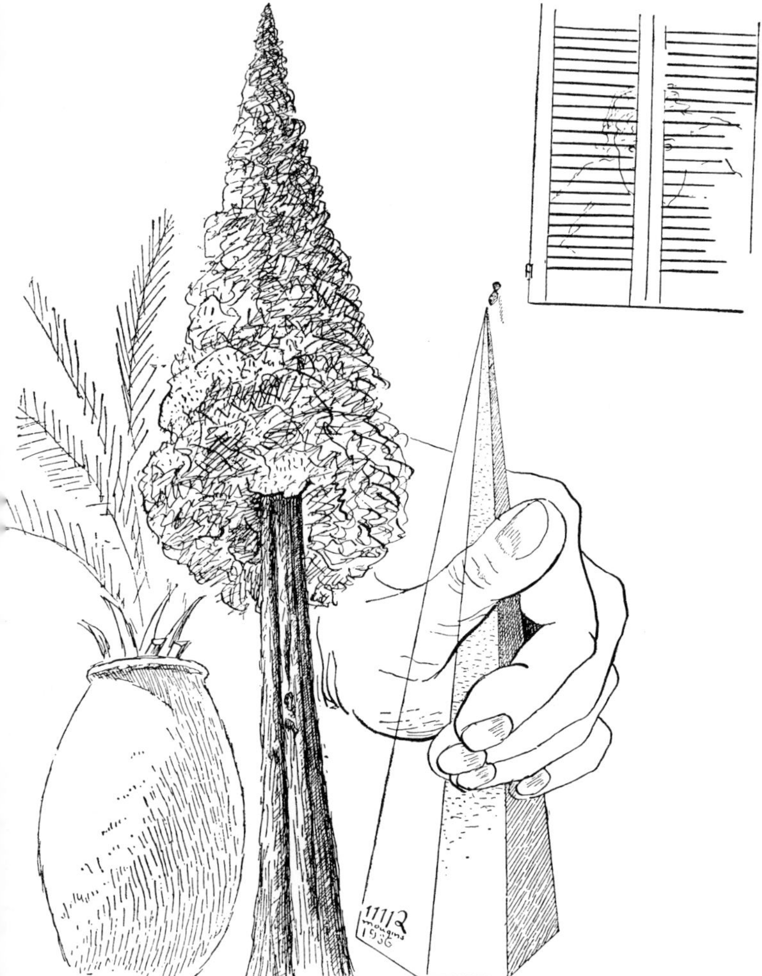
11/12
mougins
1936

L'ESPION

L'arc pâle tendu de tes yeux fermés
Menace un univers de bronze
L'épaisseur de la vue.

L'ATTENTE

Je n'ai jamais tenu sa tête dans mes mains.

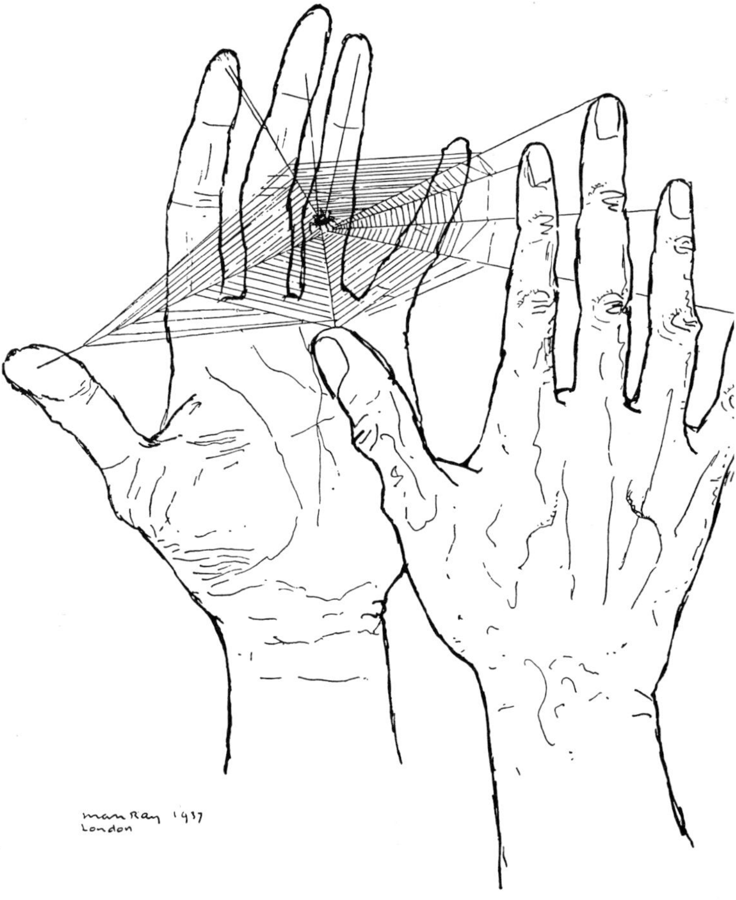
man Ray 1937
London

DES NUAGES DANS LES MAINS

Ce désespoir confus
Source impalpable nuit de pluie
Loin des feuilles naissantes
Loin des larmes salubres
Ce dédain de l'orient
Ce paradis livide
Cette marche en arrière
Incrédule exténuée
Vers quelques souvenirs

Le remède miracle accord cadeau confiance.

LE CHATEAU D'IF

Belle voix grande maison
Aux échos décorés
De toiles d'araignée.

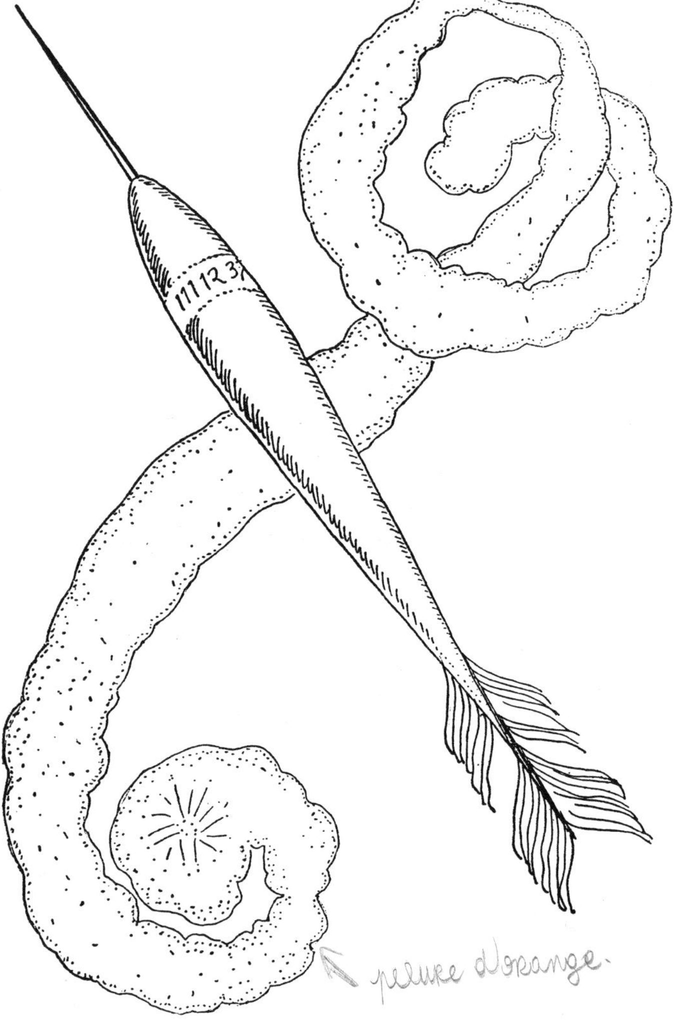
111 12 37
pelure d'orange.

OUI OU NON

Dessine le sort
Un trait d'acier sincère
Un trait filant droit
Sur des routes nouvelles

Regarde tes sœurs
Prêtes à recevoir
Les bijoux tournoyants de la rébellion
De tes refus
De ta force future

Elles écoutent quand tu te tais
Les grandes orgues de la raison.

LA MARSEILLAISE

La clé de voûte ce silence
Pendant qu'elle ouvre son corsage

Pendant qu'elle passe à travers
Les roseaux de ses bras

Païenne éperdue de tendresse

Ceux qu'elle cherche
Ont tout au plus
La conscience égoïste
D'un menu gibier de prison.

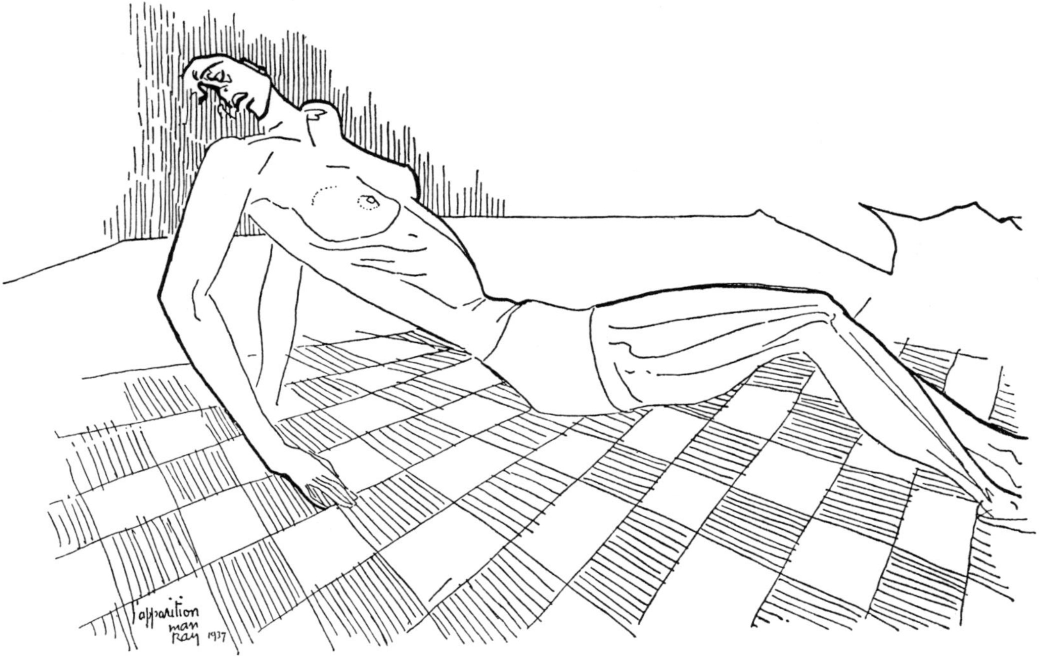
l'apparition
man
Ray 1937

L'APPARITION

Après une apostrophe et un galop pour rire
Le cavalier brisé perd conscience
Mille engins pleins de vie
Commencent une chanson
Etonnante

Au premier pas dehors
Tempête de lilas
Et la maison s'écroule
Pyramide d'un cri
L'écho détruit

Pour se bâtir un soleil
Un corps des flammes persistantes
Il n'a pas tout son cœur

J'ai si souvent senti que j'étais partagé
Femme habillée et mâle dépouillé
Que je ne sais si j'aime ou si je suis aimé.

LA PEUR

Fourrure rouge
Au seuil friand de l'animal
La proie s'affole

Pont brûlé
Bras faible
Bâton brisé

Chevelure pleine de terre
Menace insupportable
Tombe meurtrière

Le visage s'ouvre
Il laisse voir une femme qui s'ennuie.

LA PEUR
MAN RAY
1937

FEU D'ARTIFICE

La nue fantastique est d'ici
Où ne s'effacent pas les ombres.

BROSSE A CHEVEUX

L'affiche disait méfiez-vous
Des teintures idéales

Et l'on allait répétant
Prenez exemple sur moi

Avec des rires entre les dents.

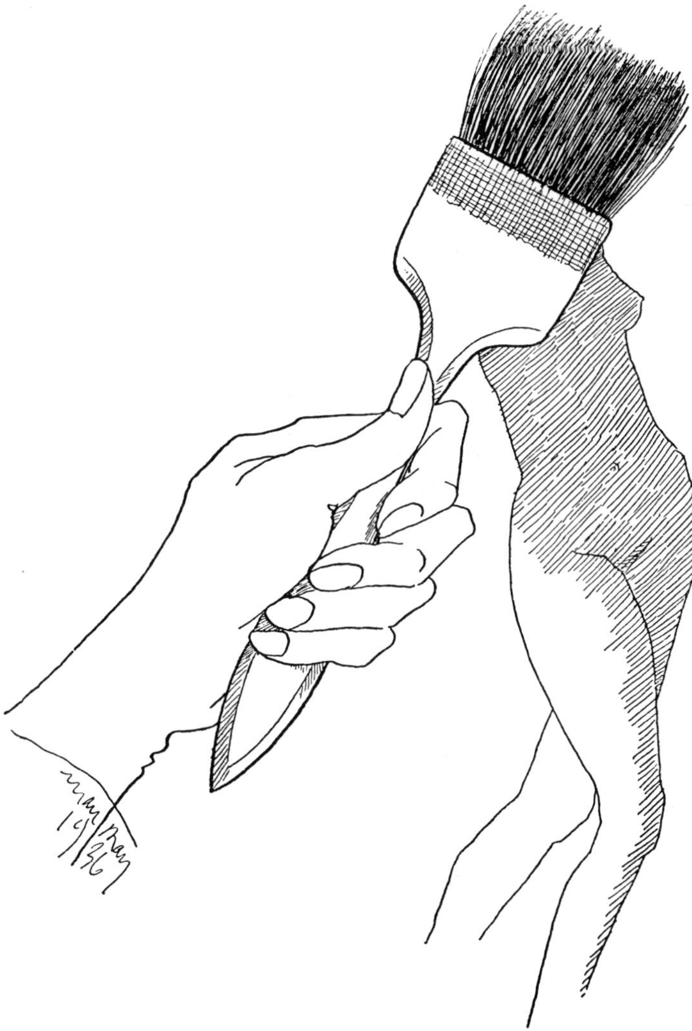
man ray
1936

Man Ray
Saint-Raphaël
1936

LES TOURS D'ELIANE

Un espoir insensé
Fenêtre au fond d'une mine.

AU BAL TABARIN

Des mesures nouvelles
Et fausses
De poids de temps de couleurs de distances
Ne font qu'accroître un ordre invraisemblable

La source jaillit de la mer
La lumière du rideau noir
Et toi d'un rythme sans fin

As-tu fleurs et fruits en tête
Ou n'es-tu que leur reflet
Anémones mandarines
Lys pêches boutons d'or

Vêtue de pluie
Chaussée de terre
Coiffée de nuit
Garderais-tu cet éclat
Qui te bâillonne.

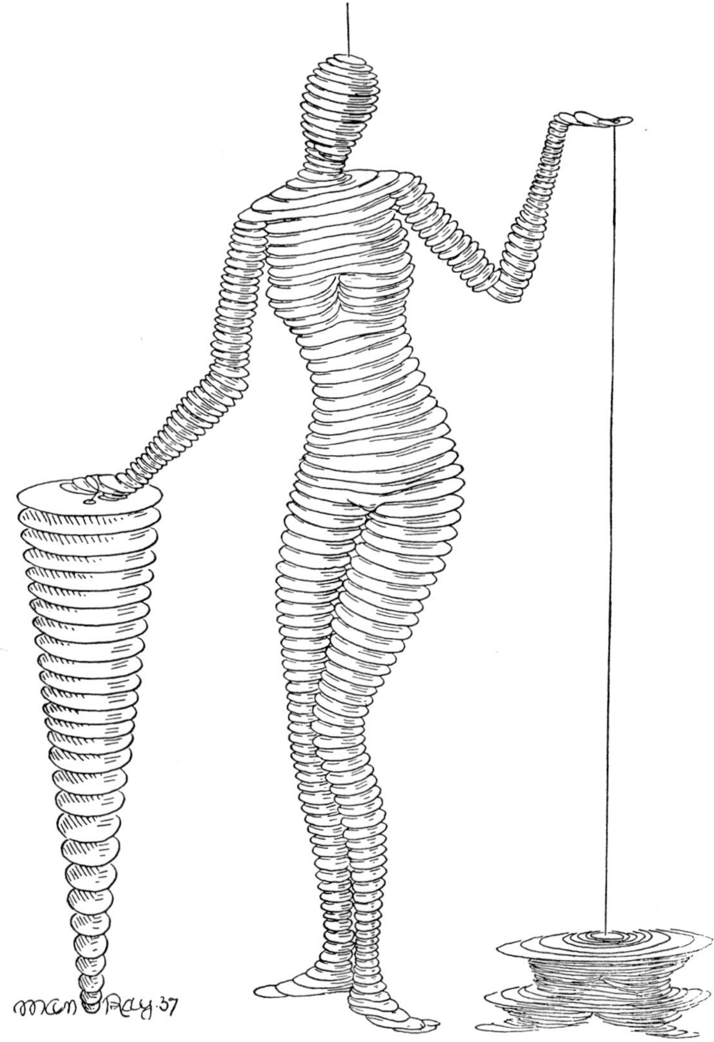

ressemble à une bobine

FEMME PORTATIVE

D'un effet solennel dans la solitude

Terrestre dérision la femme
Quand son cœur est ailleurs

Si ce que j'aime m'est accordé
Je suis sauvé

Si ce que j'aime se retranche
S'anéantit
Je suis perdu

Je n'aime pas mes rêves mais je les raconte
Et j'aime ceux des autres quand on me les montre.

LA COUTURE

Mots faits de chiffres
Appel de chiffres clameur d'or

Collection des bonheurs des goûts et des couleurs
Pour une exposition de chiens
Domestiqués couchants ergotés enragés.

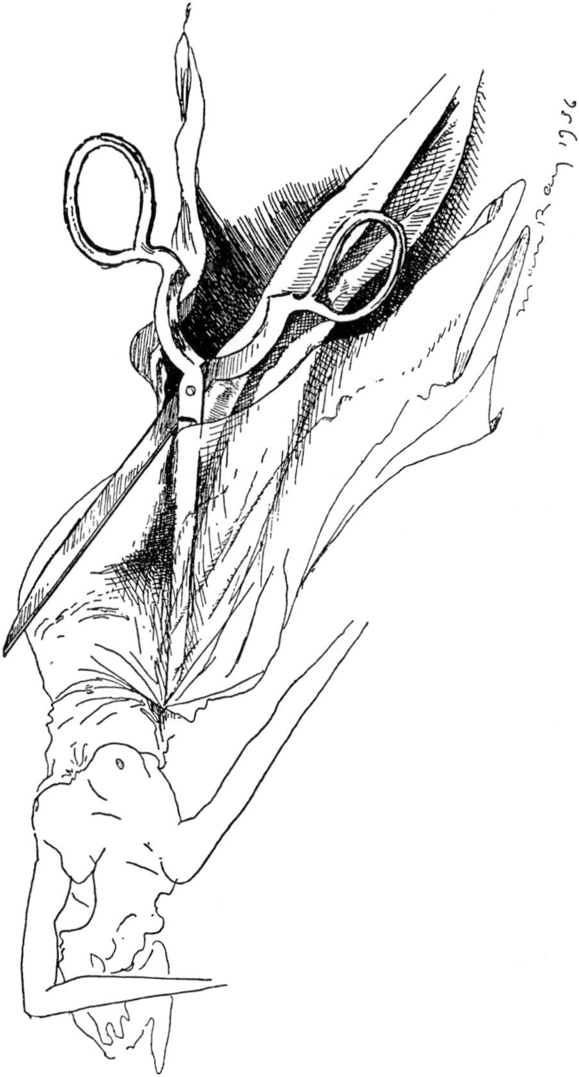
Man Ray 1936

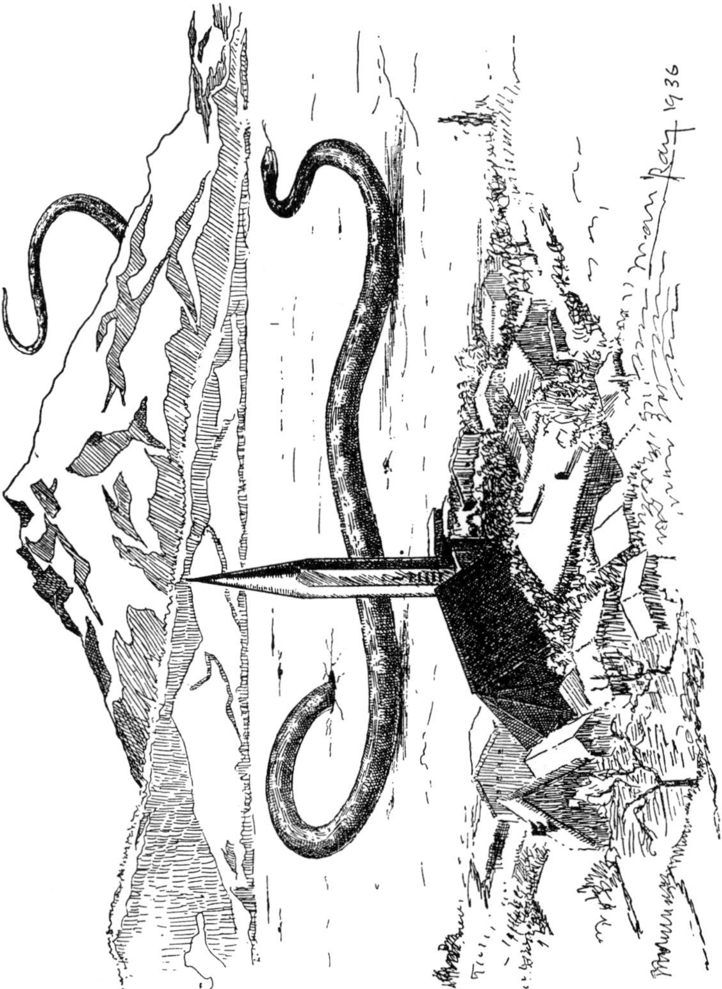
Man Ray 1936

OU SE FABRIQUENT LES CRAYONS

La dernière l'hirondelle
A tresser une corbeille
Pour retenir la lumière
La dernière à dessiner
Cet œil déserté

Dans la paume du village
Le soir vient manger les graines
Du sommeil animal

Bonne nuit à la pensée

Et j'appelle le silence
Par son plus petit nom.

LES AMIS

Entre la porte et le sommeil de ceux qui, tout à l'heure, ne voulaient pas dormir — remâchaient un murmure plein de petits os, autant de mots de passe dans une veille fluide — un peuple dénaturé perpétue la présence humaine. Voici le liseron, la capucine, le volubilis, frais échappés d'un déjeuner de soleil, de beaux cuirs usés, des fourrures animées, des étoffes à reflet, des chaises, des outils actifs, justifiés, l'aspirine et le fer à friser, le miroir et le paysage en forme de carte à jouer.

Ceux qui dorment, chacun de leur côté, séparés par des murs immondes, verrouillés, intouchables, sont réunis par les images commodes que le monde extérieur leur a données d'eux-mêmes.

Les Amis

SADE

1

On ne connaît aucun portrait du marquis de Sade, écrivain fantastique et révolutionnaire.

Presque entièrement écrite en prison, l'œuvre de Sade semble à jamais honnie et interdite. Son apparition au grand jour est au prix de la disparition d'un monde où la bêtise et la lâcheté entraînent toutes les misères.

PORTRAITS

La femme au bras cassé

reprise de la photographie.
- ligne clair

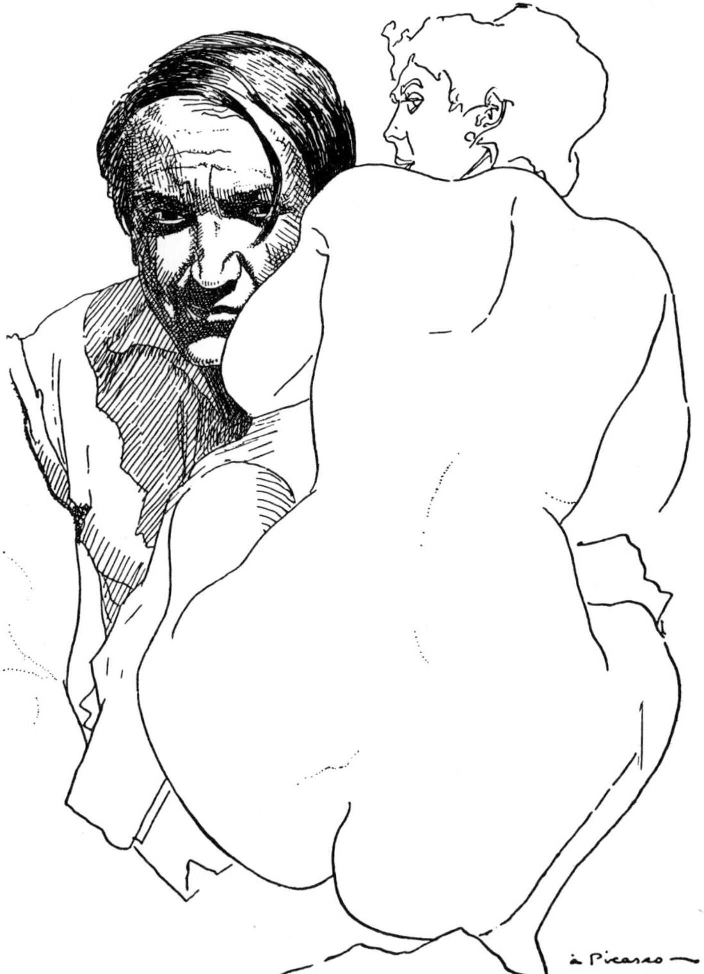

Picasso, grand peintre du XXe.
Inspiré par Man Ray.

André Breton

Paul Eluard

Man Ray

DÉTAIL

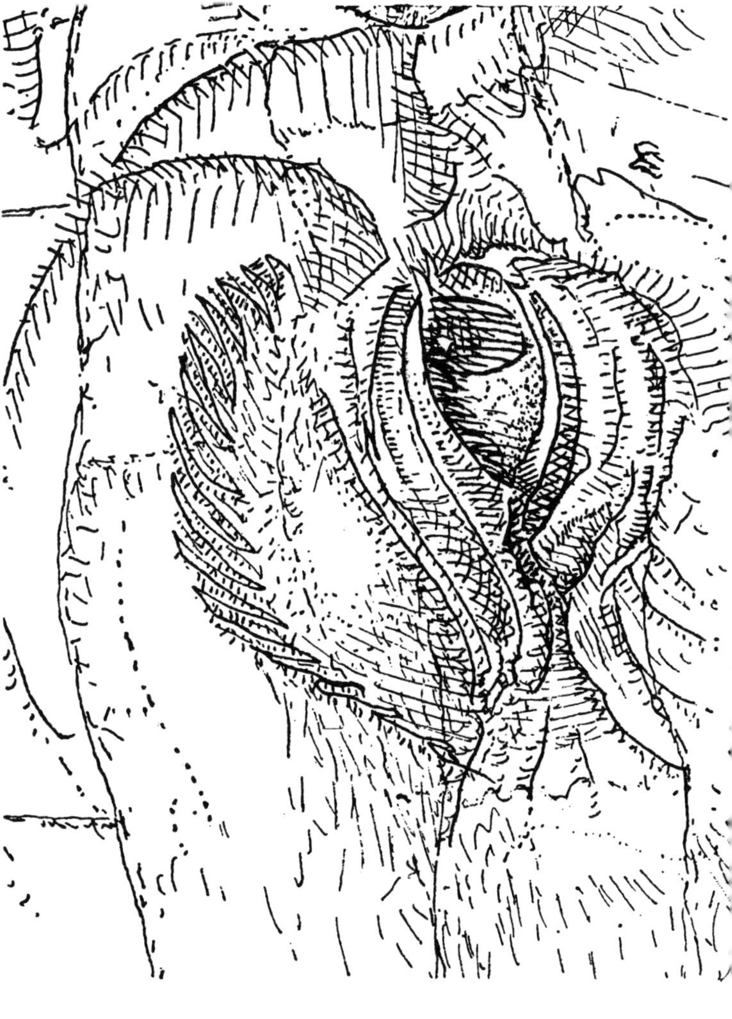

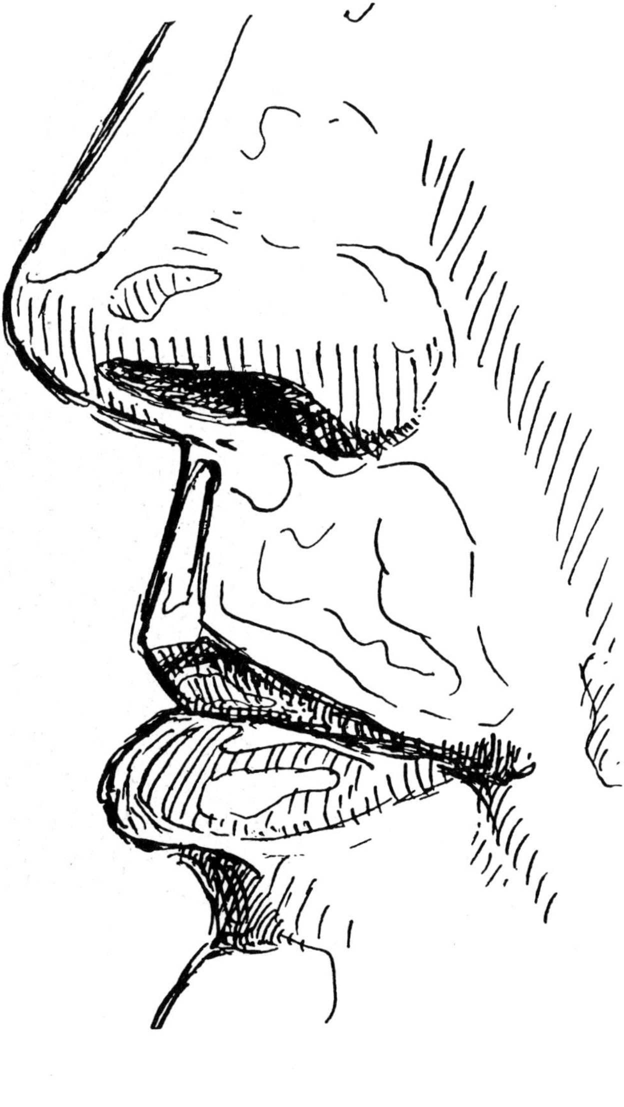

II

DU MÊME AUTEUR

Dans la même collection

CAPITALE DE LA DOULEUR *suivi de* L'AMOUR LA POÉSIE. *Préface d'André Pieyre De Mandiargues.*

POÉSIE ININTERROMPUE.

LA VIE IMMEDIATE *suivi de* LA ROSE PUBLIQUE, LES YEUX FERTILES, *et précédé de* L'ÉVIDENCE POÉTIQUE.

POÉSIES (1913-1926). *Préface de Claude Roy.*

LE LIVRE OUVERT (1938-1944).

DONNER À VOIR.

UNE LEÇON DE MORALE.

J'AI UN VISAGE POUR ÊTRE AIMÉ (choix de poèmes 1914-1951). *Préface d'André Velter.*

DERNIÈRES PARUTIONS

337. Paul Claudel — *Bréviaire poétique.*
338. Marina Tsvétaïéva — *Le ciel brûle* suivi de *Tentative de jalousie.*
339. Sylvia Plath — *Arbres d'hiver* précédé de *La Traversée.*
340. Jacques Dupin — *Le corps clairvoyant.*
341. Vladimír Holan — *Une nuit avec Hamlet.*
342. Pierre Reverdy — *Main d'œuvre.*
343. Mahmoud Darwich — *La terre nous est étroite.*
344. *** — *Anthologie de la poésie française du XXe siècle,* I.
345. *** — *Anthologie de la poésie française du XXe siècle,* II.
346. Pierre Oster — *Paysage du Tout.*
347. Édouard Glissant — *Pays rêvé, pays réel.*
348. Emily Dickinson — *Quatrains et autres poèmes brefs.*
349. Henri Michaux — *Qui je fus* précédé de *Les Rêves et la Jambe.*
350. Guy Goffette — *Éloge pour une cuisine de province* suivi de *La vie promise.*
351. Paul Valéry — *Poésie perdue.*
352. *** — *Anthologie de la poésie yiddish.*
353. *** — *Anthologie de la poésie grecque contemporaine.*
354. Yannis Ritsos — *Le mur dans le miroir.*
355. Jean-Pierre Verheggen — *Ridiculum vitae* précédé de *Artaud Rimbur.*
356. André Velter — *L'Arbre-Seul.*
357. Guillevic — *Art poétique* précédé de *Paroi* et suivi de *Le Chant.*
358. Jacques Réda — *Hors les murs.*
359. William Wordsworth — *Poèmes.*
360. Christian Bobin — *L'Enchantement simple.*
361. Henry J.-M. Levet — *Cartes Postales.*
362. Denis Roche — *Éros énergumène.*
363. Georges Schehadé — *Les Poésies,* édition augmentée.
364. Ghérasim Luca — *Héros-Limite* suivi de *Le Chant de la carpe* et de *Paralipomènes.*

365. Charles d'Orléans — *En la forêt de longue attente.*
366. Jacques Roubaud — *Quelque chose noir.*
367. Victor Hugo — *La Légende des siècles.*
368. Adonis — *Chants de Mihyar le Damascène* suivi de *Singuliers.*
369. *** — *Haiku.* Anthologie du poème court japonais.
370. Gérard Macé — *Bois dormant.*
371. Victor Hugo — *L'Art d'être grand-père.*
372. Walt Whitman — *Feuilles d'herbe.*
373. *** — *Anthologie de la poésie tchèque contemporaine.*
374. Théophile de Viau — *Après m'avoir fait tant mourir.*
375. René Char — *Le Marteau sans maître* suivi de *Moulin premier.*
376. Aragon — *Le Fou d'Elsa.*
377. Gustave Roud — *Air de la solitude.*
378. Catherine Pozzi — *Très haut amour.*
379. Pierre Reverdy — *Sable mouvant.*
380. Valère Novarina — *Le Drame de la vie.*
381. *** — *Les Poètes du Grand Jeu.*
382. Alexandre Blok — *Le Monde terrible.*
383. Philippe Jaccottet — *Cahier de verdure* suivi de *Après beaucoup d'années.*
384. Yves Bonnefoy — *Les planches courbes.*
385. Antonin Artaud — *Pour en finir avec le jugement de dieu.*
386. Constantin Cavafis — *En attendant les barbares.*
387. Stéphane Mallarmé — *Igitur. Divagations. Un coup de dés.*
388. *** — *Anthologie de la poésie portugaise contemporaine.*
389. Marie Noël — *Les Chants de la Merci.*
390. Lorand Gaspar — *Patmos* et autres poèmes.
391. Michel Butor — *Anthologie nomade.*
392. *** — *Anthologie de la poésie lyrique latine de la Renaissance.*

393. *** — *Anthologie de la poésie française du XVIe siècle.*

394. Pablo Neruda — *La rose détachée.*
395. Eugénio de Andrade — *Matière solaire.*
396. Pierre Albert-Birot — *Poèmes à l'autre moi.*
397. Tomas Tranströmer — *Baltiques.*
398. Lionel Ray — *Comme un château défait.*
399. Horace — *Odes.*
400. Henri Michaux — *Poteaux d'angle.*
401. W. H. Auden — *Poésies choisies.*
402. Alain Jouffroy — *C'est aujourd'hui toujours.*
403. François Cheng — *À l'orient de tout.*
404. Armen Lubin — *Le passager clandestin.*
405. Sapphô — *Odes et fragments.*
406. Mario Luzi — *Prémices du désert.*
407. Alphonse Allais — *Par les bois du Djinn.*
408. Jean-Paul de Dadelsen — *Jonas* suivi des *Ponts de Budapest.*
409. Gérard de Nerval — *Les Chimères,* suivi de *La Bohême galante, Petits châteaux de Bohême.*
410. Carlos Drummond de Andrade — *La machine du monde* et autres poèmes.
411. Jorge Luis Borges — *L'or des tigres.*
412. Jean-Michel Maulpoix — *Une histoire de bleu.*
413. Gérard de Nerval — *Lénore* et autres poésies allemandes.
414. Vladimir Maïakovski — *À pleine voix.*
415. Charles Baudelaire — *Le Spleen de Paris.*
416. Antonin Artaud — *Suppôts et Suppliciations.*
417. André Frénaud — *Nul ne s'égare* précédé de *Hæres.*
418. Jacques Roubaud — *La forme d'une ville change plus vite, hélas, que le cœur des humains.*
419. Georges Bataille — *L'Archangélique.*
420. Bernard Noël — *Extraits du corps.*
421. Blaise Cendrars — *Du monde entier au cœur du monde* (Poésies complètes).

422. ***	*Les Poètes du Tango.*
423. Michel Deguy	*Donnant Donnant* (Poèmes 1960-1980).
424. Ludovic Janvier	*La mer à boire.*
425. Kenneth White	*Un monde ouvert.*
426. Anna Akhmatova	*Requiem, Poème sans héros* et autres poèmes.
427. Tahar Ben Jelloun	*Le Discours du chameau* suivi de *Jénine* et autres poèmes.
428. ***	*L'horizon est en feu.* Cinq poètes russes du XXe siècle.
429. André Velter	*L'amour extrême* et autres poèmes pour Chantal Mauduit.
430. René Char & Georges Braque & Jean Arp	*Lettera amorosa.*
431. Guy Goffette	*Le pêcheur d'eau.*
432. Guillevic	*Possibles futurs.*
433. ***	*Anthologie de l'épigramme.*
434. Hans Magnus Enzensberger	*Mausolée* précédé de *Défense des loups* et autres poésies.
435. Emily Dickinson	*Car l'adieu, c'est la nuit.*
436. Samuel Taylor Coleridge	*La Ballade du Vieux Marin* et autres textes.
437. William Shakespeare	*Les Sonnets* précédés de *Vénus et Adonis* et du *Viol de Lucrèce.*
438. ***	*Haiku du XXe siècle.* Le poème court japonais d'aujourd'hui.
439. Christian Bobin	*La Présence pure* et autres textes.
440. Jean Ristat	*Ode pour hâter la venue du printemps* et autres poèmes.
441. Álvaro Mutis	*Et comme disait Maqroll el Gaviero.*
442. Louis-René des Forêts	*Les Mégères de la mer* suivi de *Poèmes de Samuel Wood.*
443. ***	*Le Dîwân de la poésie arabe classique.*

444. Aragon — *Elsa.*
445. Paul Éluard & Man Ray — *Les Mains libres.*
446. Jean Tardieu — *Margeries.*
447. Paul Éluard — *J'ai un visage pour être aimé.* Choix de poèmes 1914-1951.
448. *** — *Anthologie de l'OuLiPo.*
449. Tomás Segovia — *Cahier du nomade.* Choix de poèmes 1946-1997.
450. Mohammed Khaïr-Eddine — *Soleil arachnide.*
451. Jacques Dupin — *Ballast.*
452. Henri Pichette — *Odes à chacun* suivi de *Tombeau de Gérard Philipe.*
453. Philippe Delaveau — *Le Veilleur amoureux* précédé d'*Eucharis.*
454. André Pieyre de Mandiargues — *Écriture ineffable* précédé de *Ruisseau des solitudes* de *L'Ivre Œil* et suivi de *Gris de perle.*
455. André Pieyre de Mandiargues — *L'Âge de craie* suivi de *Dans les années sordides*, *Astyanax* et *Le Point où j'en suis.*
456. Pascal Quignard — *Lycophron et Zétès.*
457. Kiki Dimoula — *Le Peu du monde* suivi de *Je te salue Jamais.*
458. Marina Tsvétaïéva — *Insomnie* et autres poèmes.
459. Franck Venaille — *La Descente de l'Escaut* suivi de *Tragique.*
460. Bernard Manciet — *L'Enterrement à Sabres.*
461. *** — *Quelqu'un plus tard se souviendra de nous.*
462. Herberto Helder — *Le poème continu.*
463. Francisco de Quevedo — *Les Furies et les Peines.* 102 sonnets.
464. *** — *Les Poètes de la Méditerranée.*
465. René Char & Zao Wou-Ki — *Effilage du sac de jute.*
466. *** — *Poètes en partance.*
467. Sylvia Plath — *Ariel.*
468. André du Bouchet — *Ici en deux.*
469. L.G Damas — *Black-Label* et autres poèmes.
470. Philippe Jaccottet — *L'encre serait de l'ombre.*

471. *** *Mon beau navire ô ma mémoire*
Un siècle de poésie française.
Gallimard 1911-2011.
472. *** *Éros émerveillé.*
Anthologie de la poésie érotique française.
473. William Cliff *America* suivi de *En Orient.*
474. Rafael Alberti *Marin à terre* suivi de *L'Amante* et de *L'Aube de la giroflée.*
475. *** *Il pleut des étoiles dans notre lit.*
Cinq poètes du Grand Nord
476. Pier Paolo Pasolini *Sonnets.*
477. Thomas Hardy *Poèmes du Wessex* et autres poèmes.
478. Michel Deguy *Comme si Comme ça.*
Poèmes 1980-2007.
479. Kabîr *La Flûte de l'Infini.*
480. Dante Alighieri *La Comédie.*
Enfer – Purgatoire – Paradis.
481. William Blake *Le Mariage du Ciel et de l'Enfer* et autres poèmes.
482. Paul Verlaine *Cellulairement* suivi de *Mes Prisons.*
483. *** *Poèmes à dire.* Une anthologie de poésie contemporaine francophone.
484. *** *Je voudrais tant que tu te souviennes.*
Poèmes mis en chansons de Rutebeuf à Boris Vian.
485. Pablo Neruda *Vaguedivague.*
486. Robert Desnos *Contrée* suivi de *Calixto.*
487. Arun Kolatkar *Kala Ghoda.* Poèmes de Bombay.
488. Paul de Roux *Entrevoir* suivi de *Le front contre la vitre* et de *La halte obscure.*
489. Guy Goffette *Un manteau de fortune* suivi de *L'adieu aux lisières* et de *Tombeau du Capricorne.*
490. Yves Bonnefoy *L'Heure présente* et autres textes.
491. Juan Gelman *Vers le sud* et autres poèmes.
492. Michel Leiris *Glossaire j'y serre mes gloses* suivi de *Bagatelles végétales.*
493. Michel Houellebecq *Non réconcilié.*
Anthologie personnelle 1991-2013

Ce volume,
le quatre-cent-quarante cinquième
de la collection poésie,
composé par Interligne
a été achevé d'imprimer sur les presses
de l'imprimerie Clerc à Saint-Amand-Montrond (Cher),
le 20 mai 2014.
Dépôt légal : mai 2014.
1er dépôt légal dans la collection : février 2009.
Numéro d'imprimeur : 13984

ISBN 978-2-07-033795-8 / Imprimé en France

271644